모든 흔들리는 눈망울 위에

김주대

시인의 말

12년 동안 웅얼거리기만 했던 말들에
신을 신겨 길에 내놓는다

먼 길 가다가 배고프면 제 살 깎고
제 살 파먹겠지

어느 날 길에서 혹시 다시 만나면
안아 주고 싶은 말들

간절하게 평생을 살았던 고향 사람들
광장에서 찬 바람을 맞으며 싸웠던 사람들

그들의 입을 빌어 어수룩한 시집을 내놓는다

2026년 봄날

김주대

모든 흔들리는 눈망울 위에

차례

2부 모든 흔들리는 눈망울 위에

3부 마음 잡을 수 없는 날에는

4부 너희들은 왜?

해설

1부
언제나 어머니 상처에
돌아갈 수 있을까

겨울 우포

언 살 수면을 찢어 늪은

새들의 비상구飛上口를 만들어 놓았다

출렁이는 상처를 밟고 새들이 힘차게 떠나간 뒤

늪은 심장에 울던 새들의 발소리 기억하며

겨우내 상처를 열어 두었다

고향을 떠난 우리

언제나 어머니 상처에 돌아갈 수 있을까

제비 가족

마을 근처로 난 둘레길에 나가
아침 일찍 알밤을 주워 온 노인네가
작은 칼로 밤을 깎아
애들 입에 넣어 주고 있었다
새끼는 커도 새끼
어미는 늙어도 어미
서른 넘은 두 녀석
손 하나 까딱 않고
입 딱딱 벌려 차례로 밤을 받아먹는다
봄에 처마 밑에서 본 제비 새끼들 큰 입과
벌레를 물고 온 어미 제비
세상에 저렇게 사람만 한
제비들이라니

마음

엄마 뭐 해?
제비 새끼들 보니라고
너무 오래 보고 있네 그카다가 또 아프면 어쩌려고
저것들이 입을 딱딱 벌리민서 꼼지락거리는 걸 보마
나도 꼼지락거리미 숨을 잘 쉬기 된다
가슴 답답한 거 잊어 먹기 돼서 자꾸 보고 있잖나
아이고 엄마는 꽃도 제비도 너무 오래 쳐다봐
지칠 것 같아서 하는 말이야
꽃은 오래 쳐다보만 나도 노랗기 빨갛기 혈액이 돈다
꽃이 되는 건가?
꽃이 되고 말고지
잠깐 살다 가도 이뿌기 살다 가는 기 좋다
꽃을 본다고 꽃이 다 되는 기 아이고
마음을 이래 살랑살랑 그래야 꽃이 된다

천리안

시골 계신 엄마에게 아침 일찍 전화가 온다

집에 있나?
응 엄마
쌀 떨어졌을 낀데 오늘 부친다
응 쌀 떨어진 걸 우째 알았지?
머리도 덥수룩하게 하고 있지 말고 깎아라
내 머리가 보여?
(300km도 더 떨어진 곳에서 내 머리카락 상태를 알다니)

속옷도 자주 갈아입고
아이고 속옷도 보여?
전기밥통에 밥 오래 놔두지 말고 조금씩 해서 먹거라
거참 신기하네 밥통 속도 보여?
(자식 놈은 코앞에 와서도 머리카락 상태를 모르고
속옷 상태를 모르고 밥통에 100시간 된 밥도 잘만 처먹
던데)

책상 정리도 좀 해 놓고 일하거라 이불도 얇은 걸로

바꾸고

　책상도 이불도 다 보여?

　엄만께

　전화를 끊고 쌓인 술병들 순식간에 치우고
　번개처럼 속옷도 갈아입었다 엄마가 어디서 보니까

모계 유전

석 달 넘게 일한 돈 못 받아 겨울 풀처럼 말라 가는 엄마와 외제 차 자랑한다는 업주에게 하소연 전화하는 엄마 옆에서 업주에게 들리라고 소리소리 지르는 혀가 식칼이 된 아들 전화기 속으로 고함 소리 잘 들어가도록 폰 마이크를 켜는 저녁이다 그 씨발새끼한테 찾아가서 죽여 버린다고 말해 줘요오오— 책상을 치고 스텐 냄비 두드리며 피 끓는 응원을 보내는 아들과 조용히 하라면서도 손짓 발짓 아들의 함성을 부추기는 엄마 눈 껌벅이며 신호를 주고받다가 아들의 고함 가까이 전화기를 대 주는 전화기 이쪽의 애끓는 저녁이다 아저씨 흥분하지 마시라 하라고 소곤거리는 전화기 저쪽의 간사한 저녁이다 씨발새끼가 여자라고 사람을 우습게 봐 혼자 산다고 우습게 봐? 남편 아니고 아들이라고 말해 줘요 식칼 들고 찾아간다고 말해 줘요오 엄마는 웃으면서 우는 목소리로 전화기에 대고 아들이 무슨 일 저지를까 무섭다고 능청스럽게 흐느낀다 바람 불고 전등 깜박거리던 저녁이 지나간 이튿날 식전 통장에 엄마 월급이 들어왔다고 한다

18

두 마리

할매요 강아지 사셨네요?
하도 적적해서 두 마리 키울라고

한 마린데요?
집에 한 마리 더 있어

본래 개 안 키우셨잖아요?
영감탱이

두 마리 다
내가 밥 안 차리 주마 굶어 죽응께

인사

하늘에도 인사하고 산에 들에도 인사한다 그러만 그
것들이 끄덕끄덕 인사를 받아 준다 하늘이 인사를 받
아 준다고? 구름이 일고 바람이 불잖나 산은 어떻게 인
사를 받아 주는데? 물소리를 내려 주지 들판은? 누렇기
곡식 익는 그기 인사다 어데 갔다 올 적엔 마을에도 인
사를 하만 마을도 끄덕끄덕 인사를 받아 준다 마을이?
마을이 보낸 길이 실굼실굼 기어 와서 어여 드가자고 앞
장서잖나

개기 일식

두 눈 잃은 그는

죽은 아내에게서 나온 아이 받아 업고

캄캄하게 홀로 걸었네

소리 더듬어 고개 넘고

아이 숨소리 등에 새겼네

눈먼 자장가 들으며 자란 아이

어느 날 굽은 등 내려와

그의 손 잡고 앞장서 길잡네

아이는 아내가 그에게 주고 간

아내의 눈이었네

꽃상여

죽은 새끼를 코에 걸고
어미 큰돌고래
몇 날 며칠 파도를 넘어간다
어미 없는 저승에서 할 호흡
불어 넣어 주기 위해 곡비처럼
탕탕 눈물을 치며 나아가는 장례식
돌아오지 못할 걸 알기 때문에
돌아오라고
사랑 출렁이던 해저에서
눈물뿐인 수평선까지
솟구치는 배웅
어떤 세상을 살았는지 몰라도
마지막에는 행복했던 바다를 알아서
새끼의 부패하는 뼈 바다가 될 때까지
수평선 넘어 이별의 춤을 춘다

봄 바다에 새끼 실은 꽃상여 간다

늙은 어미가 날마다 전화를 한다
오래전 꿈을 잃고
살아서 죽음이 된 자식을
이승의 끝까지 운구하기 위해
당신의 호흡을 전화기에 불어 넣는다
밥은 먹었나 돈은 있나
곡비처럼 언제나 같은 곡조의 슬픔
홀로 된 늙은 자식이 무사히
살아 있는 걸 확인하고 나면
수화기를 든 채 대놓고 탕탕 운다
어쩌자고 당신 흔 숨의 바닥을 치며
인연의 끝까지 운다

인간 봄 바다에 자식 실은 꽃상여 간다

아버지 그 어린것이

미간에 굵은 주름이 있고
목이 벌건 아버지는
늘 나보다 나이가 많은 어른이었다가 죽었다
그 후로 나만 나이가 들어
아버지가 되었고
죽은 아버지 나이를 한참 지나 생각하니
아버지는 평생 지금의 나보다 어렸던 사람
그 나이에 뭘 안다고 가정을 이루어
자식을 걱정하고 고향을 그리며 살았을까
아무것도 모르는 철부지 젊은 것
얼마나 힘들었을까
인생 더 산 선배로서 생각하니
죽은 아버지
그 어린것이 짠하다

남자가 없어야 여자가 편하지

어머니 몸에 소금을 뿌리고 물을 뿜었다
산속이 얼마나 외로웠으면 자꾸 오나 죽은 아버지
수족관에 갇힌 사람처럼 숨 쉴 때마다 물이 차는 폐
저어도 나아가지 못하는 어머니
머리 위 사방 아버지 오는 길에
불효막심 칼질하고 소금을 뿌렸다

은산 아지매의 진혼 축귀 흉내 내며
칼 들고 소리쳤다
아버지 오지 마세요 훠이 아버지
마당에 꽃이 시들고
무섭다는 말이 저녁까지 등줄기로 번지는 날들
노을이 뿌려진 문지방 서쪽 하늘로
어머니를 앉히고 아버지 다시는 오지 마세요
오년 갈 맞습니다 갈 나갑니다 소금 나갑니다
아내는 신기하여 웃음을 참고

낯선 고양이가 더위를 타고 마당을 가로질러 갔다

미신이면 어떠냐고 아버지의 미련을 난도질하였다
허공으로 난 길마다 피가 흘렀다
칼 맞고 물에 젖어
산속으로 도망가는 소금 묻은 아버지 굽은 어깨
휘이 휘이 어머니 갈 때까지 오지 마세요
어머니가 알아서 갑니다
아버지가 걸음을 멈추고 돌아보았다
숨이 터진 어머니 첫마디
남자가 없어야 여자가 편하지 사나 죽으나

꽃밭에 몰려다니던 흰나비들 떠나고
비 내리는 저녁 팥죽을 끓여 드렸다
아기가 되어 가는 여자가 어머니에게서 나와
떨며 숟가락질을 했다
하루 알바비로 할머니 빨간 내복 사 와서 웃던 아이들
외국에서 돌아올 때까지 살겠다고 다짐하는 어머니

가슴에 칼을 품고 상경하면서

돌아보면 구십 어머니가 웃고 있었다
아버지나 자식이나 남자가 없어야 여자가 편하지
돈 벌어 오겠다고 웃어 주었다

귀신

고향 우리 집은 첫집이라고 하고 마을 꼭대기에 있는 집은 꼭대기집이라고 한다 첫집이 몸 상태가 양호하지 않아 마실을 가지 않으니 꼭대기집이 방문하였다 거실에서 첫집(91세)과 꼭대기집(94세)이 만나 정상 회담을 한다 형님 그때 은산당네 아들이 아파서 빙원에 입원했다고 미누리가 전화해서 은산당네가 놀래 까물씻잖아 그래 맞아 그랬지 난리가 났었지 아이고 은산당네가 그 전화를 받고는 비락같이 마당에 맨발로 뛰나와서 하늘에 대고 고래고래 고함을 지르고 마당에 딩굴미 악을 악을 쓰고 그랬잖아 그랬지 하늘아 하늘아 하늘아 날 딜고 가고 우리 아들은 내놔라 날 잡아먹어라 귀신아 날 딜고 가라 우리 아들은 건드리지 마라 하늘아 귀신아 하늘아 귀신아 그카민서 얼매나 소리를 질렀는동 목구멍에 피가 솟고 마을 사람들이 해똑 다 모였지 그카고 까물씻지 하매 오래됐잖아? 그래 그 이튿날 아들이 퇴원했다 카더라고 가가 주광인가 그렇지? 주광이 맞아 야들하고 한동갭이지 암매 은산당네는 영검한 끼가 있는 모양이라 그때 살아난 아들이 자주 와서 딜다본다 카더라고

종의 기원

　얼굴은 아버지의 무덤 어머니에게 칼을 던지던 아버지가 거울 속에 보인다 눈가 주름에 흐르던 물기와 잠긴 목소리로 미안하다며 마지막 고개를 떨구던 아버지 나의 모든 표정은 아버지를 장사 지내는 절차다 무덤가 풀꽃처럼 일생은 많이 울고 가끔 웃으며 아버지를 영원히 살다 가는 장례식 아들은 나를 살지 말기를 바랐지만 어느새 아들의 미소에서 내가 피었다 지는 피의 순간이 지나간다 만취하여 몸 달아오르는 날 거울 속에는 잿빛 산 험한 묏자리 아버지 썩는 냄새가 난다

팽조*가 되시려는가

팽조는 팔백 살을 살아 사십구 명의 아내와 오십사 명의 자식들이 먼저 죽었다지만 겨우 남편 하나 먼저 죽은 어머니는 왜 나보다 나이가 많아졌을까 일본 순사에게 끌려가는 외할아버지를 울며 따라가다가 돌아와서 애비 없는 딸년으로 버려진 지까다비 주워 신고 다녔던 어머니 팔일오 해방 때 만세를 불렀고 육이오 전쟁 때 인민군여성동맹 위원장의 딸로 마루 밑에 숨어 살아서 자식 몰래 나이가 많아진 걸까 꿈에 남편 만나 자식들 잘 키워 다 시집 장가보냈으니 이제 오지 마소 맘 놓고 그만 잘 가소 내가 쓰지 못하는 하오체를 아버지에게 쓸 수 있어서 나보다 나이가 많아진 것이라는 생각을 얼핏 하기는 해도 어머니는 왜 나보다 그토록 나이가 많아졌을까 만취하여 어머니를 때리고 살림을 부수던 아버지보다 나이가 많아진 내가 귀때기 새파란 아버지 무덤 찾아가 욕설을 하고 늙은 어머니 뒤에 머리 허옇게 숨어서 울기는 해 보았는데 큰 수술 후 엄살쟁이 아이가 된 어머니는 자식들보다 오래 산 팽조가 부러워서 빠르게 나이가 많아지고 있을까 먼지 하나 안 보이게 쓸고 닦던

어머니 설거지통에 누른 때가 끼어도 모르게 된 어머니
나도 있는 힘을 다해 열심히 늙고 있지만 어째서 우리나
라 어머니들은 다 자식보다 나이가 많아졌을까

* 중국 신화와 전설에서 장수의 상징으로 알려진 인물로, 상나라
   때 무려 800년(혹은 700년)을 살았다고 전해지는 전설적인 신
   선이다.

여자의 친구는 누구인가

　고령 산촌 삼리 사는 둘째 부인 맹인 정 씨는 밥하고 빨래하고 집안일하는 중에 자식 다섯씩이나 낳아 첫째 부인 도움으로 잘 길러 냈다 하루는 빨래 개던 정 씨가 손가락에 눈 달린 사람처럼 첫째 부인 인 씨에게 말한다 형님요 내 빤스하고 형님 빤스하고 바꿨네요 눈이 없고 발이었던 손으로 생을 세밀히 더듬어 오십둘을 살던 정 씨가 죽고 날마다 울며 지낸 건 인 씨였다 자식들이 큰어미 인 씨를 잘 모셔 인 씨는 아흔아홉 봄에 죽었고 상의할 것 없이 먼저 죽은 친어미 정 씨 옆에 장사 지냈다 맹인 정 씨의 무덤에서부터 피기 시작한 들꽃이 인 씨의 무덤으로 퍼져 나가는 봄이면 자식들은 두 어미 위해 울며 절을 올렸다 다섯 자식 울음소리 아릿움달 뱅경지 들판에 지천으로 꽃 피는 오월

2부

모든 흔들리는 눈망울 위에

소용돌이

　기사 식당 구석 높이 달린 티브이를 보던 앞자리 사
내가 밥을 문 채 주르륵 눈물을 흘렸다 티브이에서는 가
라앉는 배 안 구명조끼 입은 아이들이 기울어진 벽에
강아지들처럼 붙어 구조를 기다린다 돌아보니 식당 안
사람들 모두 밥을 문 채 동작을 멈추었고 내가 정신없
이 처넣은 밥을 꿀떡 삼킬 때까지도 밥을 삼키지 않았
다 뒤집혀 꼬리만 보이던 배가 아이들을 안고 바닷속으
로 급속히 가라앉자 사람들의 눈에 시커먼 바닷물이 출
렁이기 시작했다 소용돌이가 멈추지 않았다

탁본

동전 덮은 종이 연필로 문지르면
종이 위 까맣게 도드라지던 문양처럼
뜨거운 바람이 대지를 쓸고 지나간 뒤
오톨도톨 꽃이 핀다

해저에서 인양한 아이들 상여가
울음을 끌고 와서 세상을 문지를 때

바람이 목구멍을 통과하며 말이 오듯이
어둠이 하늘을 지나간 뒤 별이 돋듯이
외부가 지나간 뒤 안으로 오는 생명들
얼마나 많은 슬픔이 지나가야
우리는 눈뜰 수 있을까

걸음을 멈춘 무명의 어린 발들이
유류품 보관함에서
남은 길 홀로 걸어간 뒤

유류품

끈 풀린 운동화가 돌아왔다
운동화 속에는 아기 발목이 없다

먼 길
혼자 걸어갔을 발목을 생각하며 10년
아직도 숨을 참고
물속을 우는 엄마

끈 풀린 운동화만 돌아와
아장아장 걸어 다닌다

10시 25분

하루를 끌고 귀가하던 샐러리맨 처진 어깨 위에 10시 25분 늦은 저녁을 먹다 반주로 건배하던 일당벌이 동료 노동자의 술잔 위에 10시 25분 밤이라야 폐지를 많이 줍는다는 리어카 노인의 야윈 발목에 10시 25분 초겨울까지 피어 있던 담벼락 보랏빛 꽃잎 위에 야간 배송 마치고 계단에 쪼그려 앉아 컵라면으로 주린 배 채우던 택배 노동자 나무젓가락 위에 10시 25분

1년째 입원해 있는 엄마 만나러 병원 면회실에 들른 어린 딸의 눈망울이 쳐다본 티브이 화면에 10시 25분 수능 끝난 아이들 명랑한 첫 탈선 밤길 위에 야간 경비 돌며 시린 손으로 만지는 경비 노동자 추운 모자 위에 물건 나르다 막 허리 펴는 편의점 알바생 짧은 휴식 위에 10시 25분 생계의 아득한 슬픔과 기쁨이 몰려가던 도시의 거리와 뒷골목 어린 연인들 따스한 키스 위에 10시 25분 웃음이 피어나던 한 가족의 거실에 취침 인사하던 아들의 이마 위에 딸들의 볼 위에 10시 25분

불구를 끌고 다니며 구한 일자리 첫 월급으로 두부
를 사 들고 아픈 아들 누워 있는 집을 향해 걸어가던 늙
은 아비 절뚝거림 위에 한숨 위에 10시 25분 처진 어깨
더 아래로 내려앉고 절뚝거리던 다리 꼿꼿해져 뛰기 시
작하였고 건배를 위해 들었던 팔은 떨어지고 웃음이 사
라지던 충격과 공포 위에 세상 모든 10시 25분의 흔들
리는 눈망울 위에 2024년 12월 3일 10시 25분

　　비 상 계 엄 이 선 포 되 었 다

10시 25분 2

광주 항쟁을 도륙했던 공포와 살상의 비상계엄을
술과 주술 마녀에 빠진 빈 머리 대통령이
10시 25분에

극우 유튜브에 빠진 미친 대통령이
시민들의 애틋함과 따스함이 잠자리에 스미는
10시 25분에

무장 군대를 끌고
전투 헬기를 몰고 미친 대통령이
10시 25분에

시민들이 쌓아 올리는 바리케이드 위에
여의대로 아스팔트로 흘러드는 인간의 파도를 바라
보는
10시 25분에

유일한 희망 국회로 몰려든 시민들의 아우성 위에

총소리와 죽음을 비추기 시작하는
순식간에 켜지기 시작한 촛불 위에
10시 25분에

화분이 지킨 자리

　검은 천으로 얼굴 가린 반란군 특전사 요원이 창문을 깨고 황조롱이처럼 날렵하게 창틀에 올라선다 전술 방탄모 야간 투시경 아래 쥐눈이 눈알 반짝인다 창틀에 침투를 막아서는 꽃을 발견한 반란군은 화분째 끌어안고 불퇴전의 각오로 낑낑거린다 화분을 안전지대로 이동시킨 그제서야 의사당 안쪽에 폴짝 뛰어내리는 반란군은 어머니가 키우던 꽃을 생각했을까 생각하는 어느새 스마트폰으로 중무장하고 국회로 달려온 수천의 시민들 반란군을 향해 축포를 쏜다 소화기에서 터진 가루가 사방을 덮는다 강도 높게 훈련받은 그대로 반란군은 번개처럼 머뭇거린다 즐긴다 슬로우 비디오로 상영되는 영화 같은 사방을 두리번거리는 느린 맹금류와 잠에서 깬 화분 기지개를 켜는 사이 가랑이 찢어 담장 넘은 국회의원들이 비상계엄 해제를 가결한다 본회의장 전광판에 자막이 올라가고 기다렸다는 듯 궁둥이 흔들며 퇴각하는 반란군 요원과 안전지대에서 꼼짝하지 않고 의사당을 지킨 화분 실화를 바탕으로 만든 영화였을까 뛰어가다 자꾸 돌아서 시민들에게 죄송하다고 인

사하는 예의 바른 반란군이 동료들 속으로 사라진 자리
화분이 놓여 있던 자리 떨어진 흙 몇 덩어리 위로 아침
해가 밝아 오는 것은 실화였을까 그날 12월 4일 새벽은

2025. 12. 13.
― 불씨를 찾습니다

  국회 앞 대로가 내란을 일으킨 대통령을 탄핵하려는
시민들로 가득 찼다 저마다 노랑 보라 꽃술 같은 응원
봉을 들고 선 모습 어느 가을 정읍 옥정호를 뒤덮은 구
절초 밭 같았다 국회 안에서는 대통령 탄핵 투표가 진
행되었고 시민들은 속으로 여당에서도 이탈 표가 나와
야 가결될 텐데 초조했다 양떼구름이 사람의 꽃밭을 내
려다보고 있었다

  꽃밭 가운데 주유소 기둥 아래 쪼그려 앉은 한 소녀
가 차가운 빵을 먹으며 시위 진행자의 선창을 따라 대.
통. 령. 탄. 핵. 대. 통. 령. 탄. 핵. 입술을 움직였다 배가 고팠
던 모양인지 추운 발 모으고 곱은 손 오므리며 물도 없
이 오물오물 언 볼을 나부꼈다 여당 이탈 표에 요행을
바랐던 어른들 숨은 마음 부끄럽도록 소녀의 외침은 계
속되었다 주유소 기둥 아래 한 소녀가 목이 메게 타오
르고 있었다

장면

떠돌이 노가다 김 씨는 두어 달 만에 아들을 만난다 아들은 웃는 머리를 외로 꼬고 팔만 뒤로 내밀어 김 씨를 툭 친다 김 씨도 진동 기구처럼 좋아라 몸을 흔들다가 팔만 내밀어 아들을 툭 친다 그러고는 눈이 마주치자 둘은 갑자기 똑같은 말을 뱉는다 밥은?

응원봉을 사야겠다

    시위 장소로부터 다소 먼 여의2교 너머 영등포 옆 카페에서 나온 어린 연인들이 가벼운 발걸음으로 앞서 걸었다 야광 응원봉을 가방에 단 남자는 손을 코트에 찔러 넣었고 남자의 팔짱을 낀 여자는 야광 응원봉을 오른손에 쥐고 나풀댔다 송년 파티에 가는 연인들이 분명했다 설마 시위 장소로 가는 건 아니겠지 빌어먹을 젊은 것들은 나라가 어찌 되든 지들만 즐거우면 그만이지 속으로 욕을 하였다 그런데 그들은 바람 부는 여의2교를 빠르게 건넜다 여의도에 도착한 둘은 조금도 망설임 없이 시위대를 향해 걸어 들어갔다 실물 촛불 대신 엘이디 촛불만 들어도 젊은 세대인 줄 알았던 나도 한때는 X세대 초입이었는데 제목도 알 수 없는 신시대들의 노래 야광 응원봉과 함께 지진처럼 흔드는 율동들 한가운데 엉거주춤 서서 잘 움직이지도 않는 몸을 삐걱거려 보았다 (다리는 공중으로 펄쩍펄쩍 뛰면서 윗몸은 좌우로 흔드는 그 춤이 특히 안 되더라고 게다가 대가리는 또 따로 막 돌리듯이 움직여 대는데 점잖은 체면에 대가리 돌리는 걸 따라 하자니 그렇고 미치겠더라고) 응원봉도

없이 어기적어기적 율동을 따라 하면서 슬픈 마음을 가
눌 길 없어서 더욱 큰소리로 윤. 석. 열. 탄. 핵. 을 외쳤다
이상하게 슬프고 기쁜 항쟁의 밤 주말에는 나도 야광
응원봉을 사서 나가야겠다

먼저 죽고 오래 산 사람
—백기완 약력

1987년 그가 김대중 김영삼 단일화를 통해 군부 독재를 끝장내자고 했지만 실패했다 이후 김영삼은 노태우와 합작해서 대통령 해 먹고 김대중은 김종필하고 합작해서 대통령 해 먹었다 그는 그들이 한국 경제를 몽땅 미국의 금융 제국주의자들에게 팔아먹었다고 분개했다 2002년 월드컵 때는 골인이란 말을 꽈이 탕으로 쓰자고 했지만 언중言衆의 반응이 없었다

2016년에서 2017년까지 박근혜 탄핵 촛불 시위 때 촛불 시위는 운동권의 시위가 아니라 시민의 시위라는 이유로 임을 위한 행진곡을 많은 사람들이 부르지 않았다 어떤 사회자는 임을 위한 행진곡을 거부했다 노래 가사가 그가 쓴 시여서가 아니라 촛불 시위가 더 근원적인 혁명이 되기를 바랐기 때문이라고 했다

80kg의 거구가 40kg의 야윈 노인이 될 때까지 그는 육신의 절반과 정신의 전부를 바쳐 농민 빈민 통일 민주화 운동의 앞자리에서 싸우고 통곡했다 스스로를 이야

기꾼과 통일 싸움꾼이라고 칭했지만 그는 이야기를 끝내지 못하고 통일을 보지 못하고 2021년 2월 15일 새벽에 죽었다

　2021년 2월 15일 낮 살아서 죽은 그가 뉴스마다 죽어서 살아났다 산동네를 달동네로 부르자고 한 말 신입생을 새내기로 부르자고 한 말 써클을 동아리로 부르자고 한 그의 말속에 그는 살아 있어서 그날 밤부터 전국의 달동네에 달이 떴다 해마다 나라의 새내기들이 몰려온다 인터넷 동아리를 만들어 사람들이 떠들썩하게 웃는다 죽지도 살지도 않은 여든아홉 청년이 검은 도포자락 휘날리며 우리말 속을 우리가 죽을 때까지 걸어다닌다 그보다 우리가 먼저 죽게 생겼다

착취의 평범성

자식들이 모시지 않는 늙고 병든 여자를 가난한 여자가 모시고 산다 가족이 친절히 외면한 늙고 병든 여자 곁에 문득 날아온 풀씨처럼 새로운 자식이 생겼다 누가 물으면 가난한 여자는 모신다고 말하지 않고 그냥 같이 사는 거라고 말한다 가난한 여자는 아는지 모르는지 늙고 병든 여자의 자식들이 각자 가정의 화목을 무탈히 지키라고 늙고 병든 여자는 꽃 지듯이 웃는 가난한 여자를 붙들고 남은 생을 저승 쪽으로 끌고 간다 가난한 여자의 가난한 자식들도 가끔 가난한 여자 곁에 와서 늙고 병든 여자를 부축한다

늙고 병든 여자는 날마다 몸을 떨며 자식들에게 전화한다 별일 없나 별일 없다 난 괜찮다 괜찮지 않은 늙고 병든 여자가 괜찮을 동안 늙고 병든 여자의 자식들은 돈 벌어 제 자식들 키우고 가난한 여자만이 늙고 병든 여자를 모시고 사는데도 남들이 물으면 그냥 같이 사는 거라고 햇살 아래 꽃 그림자 걸어가는 소리로 말한다 늙고 병든 여자의 자식들이 별일 없이 사는 시간은

가난한 여자의 시간과 건강을 빼앗은 시간 열 자식을 낳
고 키운 어미를 돌볼 한 자식이 없다고 늙고 병든 여자
가 푸념할 때마다 가난한 여자는 어느 집이나 다 그래요
어머니요 그렇지 않은 집 없어요 받아 넘긴다

　가난한 여자가 더 가난해질 동안 늙고 병든 여자는
죽을힘을 다해 행복한 시간을 산다 나는 별일 없다 너
들만 잘 살면 된다고 산다 늙고 병든 여자에게 가난한
여자는 별일도 없는 여자 산에 들에 아무렇게나 피는
꽃 세상의 가난한 풀꽃들이 별일 없음을 강요받으며 우
리 곁에 산다 씨발노무 자식 새끼들아

못과 몸

수직 벽에 망치로 박은 못
저릿해지는 깊이까지가
막일꾼의 몸

여행 가방이 된 연장 가방 메고
해변을 걷는 휴일
여전히 못 박은 벽 깊이에
몸이 있어서 발아래 파도
발판 없는 비계처럼 삐걱거린다

지시대로 했는지 돌아보면
공구리 친 바닥을
고양이처럼 밟고 지나온 길
푹푹 빠진 모래 발자국은
파도가 박은 못질들
쉬는 날까지가
일하는 날의 연장이다

망치와 못으로 지나온 발
저물어 공구리 되는 짧은 하루
미안하다
갸륵한 날의 몸이여
끝없는 수평에 박힌 못이여

비밀번호

할배요 할매 태워 이 빙판길에 어디 가시는 거라요?

돈 찾으러 은행 가

다리 아프신 할매는 왜 위험하잖아요?

할마이 돈이라

그럼 할배 혼자 가서 찾아다 드리시지?

비밀번호를 몰라

가르쳐 달라고 하시면 되잖아요?

할마이가 안 갈쳐 줘

할매요 비밀번호 가르쳐 주시지 이 추운데 머 할라고 리어카까지 타고 이렇게 일부러 나오세요 다리도 아프시면서?

이노무 영감탱이 비밀번호 갈쳐 줬다가 지집질에 노름에 집구석 다 거덜났었잖애 전에 말했잖애 내 돈이라 내가 조금씩 빼 써야 돼 언제 니리 왔어? 올 우리 여인숙에서 자든지 방이 뜨끈뜨끈한 기 조아 이불도 깨끗하이 빨아 놨응께

바다 좀 보고 이따가 갈게요 비밀번호 할아버지한테 가르쳐 드리세요

죽을 때까지는 안 갈쳐 줄끼라 이노무 영감탱이 낼
죽어도 버릇 못 고치

그래도 할배가 빙판길에 리어카 운전은 잘하시네요?

니야까 운전도 못하만 죽어야지

할아버지요 할머니 말 듣고 화 안 나세요?

화 안 나 돈이 없응께 난 죽은 목숨이라

우리찌리

올 일당 얼매 바다써? 똑같겠지 머 난 칠마넌 주데 그
래? 난 용마넌 주던데 왜 그래 차별을 두고 그러지? 그 주
인 못됐네 그럼 내 더 바든 마넌 가지고 막걸리나 한 순
배 하고 가자고 전에는 오태댁이가 사줬자나 애이 괴기
한 근 사서 드가 손주들 눈 빠지게 기다리게꾸마 까이
노무 새끼들 다 컸는데 머 챙기 먹겠찌 그러마 딱 한 잔
만 하까 배도 고픈께? 마넌 덜 바든 거 기분 나쁘게 생각
하지 마 딴 데서는 오태댁이 더 받자나 아이고 빌쏘릴
다하네 우리찌리 알고 있으만 되지 그래 마자 마자 우리
찌리 통하는 걸 그거뜨른 모를끼라

터미네이터 액체 로봇

택배 청년이 문 앞에 물건을 던져 놓고 택배요 소리
치며 벨을 누르고 달아난다 계단 뛰어 내려가던 발소리
쾅 하는 소리와 함께 느닷없이 끊긴다 놀라 나가 보니
택배 청년의 몸뚱어리가 계단에 쏟아져 있다 비슥이 돌
아간 머리 고통스러운 표정을 지으며 끙끙 소리를 내는
다리 나도 모르게 손 내밀어 부서진 허리 한 움큼 잡아
주는데 팔이 흘러와 손을 떼어 낸다 물방울 같은 파편
들이 저희끼리 서로 끌어당기며 모여든다 마지막 한 방
울까지 끈끈하게 뭉쳐진 사람 모양 쇳물 덩어리가 물에
서 나온 개처럼 온몸을 한번 털고는 천천히 일어서 계
단을 걸어 내려간다 검은 쇳물의 어깨가 출렁인다

3부
마음 잡을 수 없는 날에는

줏대 없는 사람

엄마 이번에 새로 낸 책이야 자아 받아 이거 책이 빨간 것이 꽃처럼 이쁘구나 야이야 이런 거 낼라만 돈 마이 들잖나? 돈 안 들어 내가 도로 돈을 받고 내는 거지 그럼 돈 마이 받고 내거라 응 알겠어 마이 받고 낼게 엄마 이기 이래도 베스트셀러 오십 등에 들었어 오십 등이만 꼴찌잖나? 아냐 천 권 중에서니까 일등하고 같아 그러만 축하한다 그래도 너무 일등 할라고 애써지는 말거라 뭐든 본래 일등 할라카만 욕심이 생기고 마음이 팍팍해진다 엄마 책은 일등 해야 돈을 벌어 그래? 그러만 일등 하거라 욕심이 생기고 마음이 팍팍해진다면서? 거지 같이 사는 니가 돈을 번다는데 까이꺼 욕심 좀 내만 어떻노 알겠어 그럼 욕심내고 마음 팍팍해질게 그카다가 마음 다친다 욕심내지 말거라 엄마 욕심내야 돈 번다니까 그러만 욕심내거라

쾅

복권을 사지 않기로 했는데
덜컥 당첨이라도 되면
꿈결 같은 큰 집에 배불리 드러누워
가난의 따스함을 잃고 저절로 흘러나오는
짧은 문장도 잊을 것이기 때문에
다시는 복권을 사지 않기로 했는데
사는 일의 허무함 속에서
절망을 향해 두려움 없이 걷는
발걸음을 버릴 것이기 때문에
만취 중에라도 복권집 근처로는 지나가지 않기로 했
는데
무슨 일인지 아들은 전화기에다 대고 울먹이고
나는 가을 하늘처럼 적막해
서둘러 만취하여
허락하지 않은 익숙한 발걸음 따라 복권집으로 간다

요행을 바라는 간사한 마음으로
사람들 북적이는 복권집 벽에 기대어

정성껏 번호를 고른다

나보다 가난한 사람들에게는

부끄러움과 치욕도 사치일 것이므로

생계를 밀고 가다 비계에서 떨어져 죽기도 하므로

나의 체면과 가난은 아직 기교라는 생각 때문에

요행도 우연도 축복일 테니

복권집에 몰려든 사람들과 함께

부끄러울 겨를도 없는 아우성 속에서

다시는 복권을 사지 않겠다 다짐하면서

935회 복권 두 장을 긁으며

멀뚱멀뚱

큰물이 져 마을과 축사가 침수되자
새끼 데리고 주인 잃은 소들이
해발 531미터 사성암까지
줄지어 사람처럼 피난을 왔습니다
고갯길 산길 한나절 걸어
대웅전 마당에 모인 큰 눈들입니다
TV 특종을 보며 갈비를 뜯던 한우식당 손님들
소가 불쌍하다고 탄식합니다
죽기 살기로 부처님 품 찾아간 1등급 소들을
무사히 찾아 돌아가는 소 주인과
주지 스님의 감동 인터뷰
타면 맛이 없으니 살짝 익혀 바로 드셔야 한다고
알려 주는 식당 종업원 눈에도
얼핏 눈물이 보일 지경이니 오죽하겠습니까
사성암은 원효 의상 도선 진각국사에 이어
말 못하는 소 떼까지 참선 수행하고 돌아간
영험한 천년 고찰이 되었습니다
기도객의 발길이 끊이지 않을 것이고

한우식당 손님들 입에는
맛있는 소고기가 끊이지 않겠지요
사성암 부처를 찾아갔던
도력 높은 소 떼를 보며
소를 먹는 손님들 몸속에는
소의 큰 눈이 사리처럼 굴러다닐 것이고요

괴산 버스 정류소에서

천흥암 가는 할머니
오일장에서 산 다육이 끌어안고
정류소 의자에서 존다
지나가던 꼬부랑 할머니가 지팡이 짚고
다육이를 쳐다본다
졸다 깬 천흥암 다육이 할머니
묻지도 않았는데
잠결엔 듯 검지를 세우고는
"마넌"이라고 외친다
꼬부랑 할머니가 지팡이로 땅을 콩 치면서
"비싸구먼" 한마디를
다육이 할머니 졸음 위에 던져 놓고
가던 길 간다
다육이 할머니는 "비싸구먼"까지 끌어안고
아까보다 더 무겁게 존다

신기하고 좋은 일

상주 공검면사무소 앞 정류소 의자에 몇 시간째 앉
아 있는 아주머니 봄바람 따라 동네 한 바퀴 하고 와서
봐도 버려진 마네킹처럼 움직임이 없다 괜찮냐고 묻자
지나가는 사람들이 신기해서 구경하는 중이라 한다 뭐
가 그리도 신기하냐니까 충전을 안 해도 걸어 다니는 게
좋아 보인다며 전봇대 아래 충전 중인 자신의 장애인 전
동 스쿠터를 가리킨다

상주 시외버스 터미널

햇살이 사람보다 많은 가을 대합실 서른 중반이나 되었을까? 하이힐의 화장 짙은 젊은 여자가 검게 탄 얼굴 늙은 여자와 마주 앉아 서로를 쳐다본다 바로 입원하지 왜 왔냐는 늙은 여자의 흐느낌을 젊은 여자의 미소가 희미하게 덮는다

젊은 여자는 늙은 여자보다 오래 산 표정으로 늙은 여자의 소가죽 같은 손등을 쓰다듬으며 밥 잘 챙겨 드시라 한다 얼굴에 내려오는 그림자를 지우려는 듯 자주 손거울 달린 파운데이션 통을 꺼내어 톡톡 분을 찍어 바르는 젊은 여자 립스틱을 바르고는 아래 위 입술을 붕어처럼 뻐끔거린다

젊은 여자 하는 양을 쳐다보며 한숨짓던 늙은 여자는 젊은 여자의 진노랑 머리카락 사이에 쇠발굽 같은 손가락을 넣어 하염없이 쓸어내린다 쇠발굽 손길 따라 움직여 주는 진노랑 머리 큰 병원에서 수술하면 돈 많이 들지 않냐고 쇠발굽 손가락이 묻자 암 보험을 들어 놓

아 괜찮다고 이리저리 진노랑 머리가 대답한다

　버스 타려 일어서는 젊은 여자의 다리가 껍질 벗긴
닥나무 같다 늙은 여자가 젊은 여자를 부축한다 젊은
여자는 늙은 여자 팔에 기대어 버스에 오른다 버스가
떠날 때까지 손 흔들던 늙은 여자 버스가 터미널 담을
돌아간 뒤 주저앉아 흐느낀다 출렁이는 늙은 여자의 등
에 봄 햇살 머물다 간다

잠복근무
—근무 중 이상 무

낙엽을 공중에 뿌리는 바람처럼 떠돌다 돌아와서 잠복근무를 한다 누가 콘크리트 벽 담쟁이덩굴에 해바라기, 카네이션, 장미꽃들을 붙여 놓았다 플라스틱 조화造花가 담쟁이덩굴에서 자라 나온 것처럼 자연스럽게 피었다 이 벽의 창조주는 누구일까? 낡은 유모차에 폐지를 잔뜩 싣고 한 남자 노인이 나타난다

—어르신요 어르신요 뭣 좀 물어볼게요
—뭘?
—저기 담벼락 담쟁이덩굴에 핀 꽃들 어르신이 붙여 놓으신 거지요?
—응 그런데 왜 먼 문제 있어?
—아니 그게 아니고요 너무 예쁘고 참 자연스럽고 생각이 아름다워서 누가 저렇게 해 놨을까 궁금했어요
—오다가다 주워서 붙여 놨어
—굉장히 오래된 것도 보여요
—해바라기는 한 5년, 카네이션은 1년, 파란 이파리들은 어제, 저쪽에 꽃들은 두어 달 됐나

—근데 덩굴에서 핀 진짜처럼 보기 좋습니다

　　—덩굴도 새로 나온 데는 안 붙이고 오래된 굵은 데
느슨하게 감아 놨어 덩굴 자라는 데 방해되지 말라고

　　—아 그러셨군요 어르신 혹시 저랑 기념사진 한번 찍
어도 될까요?

　　—찍지 마 뭘 그런 걸 찍어 꽃이나 찍고 가

　　—네 알겠습니다 근데 어르신 서울이 고향 아니시
지요?

　　—우째 알았어? 난 전남 화순이 고향이여 우리 화순
두봉산에 꽃들이 참 이뻤지 초등학교 마치고 열세 살에
올라와 여태 못 돌아갔네

　　—아 그러셨군요 어르신 혹시 실례가 아니라면 제가
막걸리에 고기 좀 대접하면 안 될까요?

　　—오늘은 안 돼 근무 중이니까

마음이 뿌듯해졌다

전봇대 아래는 옷 장사 아저씨와 우산 고치는 아저씨의 자리다 오늘은 옷 장사 아저씨만 나와 있다 2시간 3시간 5시간 옷 한 벌도 팔리지 않았다 지나가다가 옷을 그냥 슬쩍 만져 본 사람이 한 사람 있었을 뿐이다 살 사람인지 안 살 사람인지 알기 때문에 웬만해서는 일어나 안내하지 않는다 아저씨가 난전을 여는 아침 10시부터 오후 3시까지 세 번을 지켜봤다 아저씨는 점심을 먹지 않는 것이 확실했다 작은 음료수를 한 개 주머니에서 꺼내 마시는 걸 본 적은 있다 별것도 아니라는 듯이 반을 마시고 반은 우산 고치는 아저씨에게 건네주던 날이었다

마음 잡을 수 없는 날에는 아저씨가 보이는 길 건너편 약국 계단에 앉아 아저씨를 바라본다 꿈쩍도 하지 않고 종일 앉아 있는 모습을 보고 있으면 시간이 흐를수록 마음이 평온해지고 가슴이 조금씩 따스해져 온다 나는 몸을 비틀기도 하고 일어났다 앉았다 하기도 하는데 아저씨는 조금도 움직이지 않는다 불상이나 성모상을 오랫동안 바라본 적이 많다 아저씨를 바라보는 시간

이 대략 2시간을 넘길 때부터 아저씨가 불상이나 성모
상으로 보이기 시작한다

　아저씨는 내가 지켜보는 걸 모르지만 나는 나의 방식
으로 기도 한다 주머니 속에서 주먹을 쥐었다가 손가락
을 하나씩 차례로 펴는 일을 반복하는 일 오늘은 아저
씨가 옷 한 벌이라도 팔게 해 주세요 다행히 오후 4시쯤
바지가 하나 팔렸다 마음이 뿌듯해졌다 퇴근하는 사람
처럼 자전거를 타고 돌아오며 기왕 하나 팔렸으니 또 하
나 더 팔리라고 핸들 잡은 손의 손가락을 하나씩 펴는
일을 여러 번 반복하였다 그때마다 나는 내가 무슨 좋
고 큰일을 한 사람처럼 이런 하찮은 일에도 부처님이나
성모님이 된 것처럼

오병이어

붕어빵 잘 팔리는 추운 동네 붕어빵 포장마차 앞에 보행기 할머니가 모이 찾는 비둘기처럼 머뭇거린다 붕어빵을 먹던 젊은 여자가 붕어빵 드릴까요 물어도 대답 없이 포장마차 주변을 맴돌기만 하는 보행기 할머니 젊은 여자가 자신의 붕어빵 두 개를 봉투에 넣어 드리자 천천히 오래 고개 숙여 인사를 하고는 보행기 가방에 넣어 떠난다 아는 할머니냐고 붕어빵 장수가 물으니 젊은 여자는 모르는 할머니라고 답하며 천 원을 내민다 붕어빵 장수는 그냥 두라고 하고는 붕어빵 두 개를 더 내놓는다

오래된 안부

쫓아와 얼른 손잡으시는
친구의 어머니
텅 빈 눈에 친구가 보인다
한참 손 쓰다듬다
돌아서는
어머니 무덤 같은 등 위로 불쑥
죽은 친구가 손을 흔든다

눈물이 어데서 마르도 않고

현태 어머니 아니신가요? 맞는데 누구시라요? 저 기억하실지 모르겠는데 예주목 방깐집 둘째 아들요 예주목? 예 냇가 건너 첫집요 십 년 만에 뵙네요 아 그카이 생각나네 아 아 아 우리 막내 친구 양반 예 기억하시네요 이렇게 일찍 어딜 가시느라고? 태워다 드릴게요 아이고 난 이런 차엔 올라가마 니리오질 못해 다리가 고장나서 우리 아들이 죽기 전에 맨날 그키 그랬는데 꽃 그림 현태 방에 안직도 걸려 있어 서울 사시지? 네 현태 산소 한번 들렀다 갈라고요 거길 말라고 가 서리가 이키 내리서 옷 다 베리 난 그짜로 고개도 안 돌리 10년도 더 넘었는데도 볼 때마당 눈물이 나서 안직도 저짜 앞에 걸어가는 거 거테여 이주목 양반 보이 또 눈물이 나네 아이고 제가 괜히 우시게 만들었네요 어여 가 어여 가 눈물이 어데서 마르도 않고 그키 나오네 난 이래 천처이 걸어가는 기 더 나사 천처이 가는 데까지 가다가 다리 아프마 쉬다 가마 대여 어여 가 어여 가 얼굴이 한낫도 안 빈했네 현태하고 술 마시마 그키 노래를 잘 부르고 마당에 막 띠 댕기미 소리를 지르다가 날 막 끄러안고 그캤는

76

데 언제 놀러와 술 받아 디릴께 한번 갈게요 그럼 저 먼
저 어여 가 어여 가 산소엔 가지 말고

능소화

골목에 귀를 걸어 놓았다
귓바퀴에 당신 발소리 얹힐 때
그 무게로만 떨어지려고

가슴속

―김귀정 열사

가장 멀리 간 사람이
가장 가까운 데 있다

4부
너희들은 왜?

신발

　맨발로 댕기거나 누가 내다 버린 지까다빌 주워서 신
고 댕깅께 선생이 빨간 신발을 한 켤레 사 주더라고 아
버지 꼭 돌아온다고 힘내라 카데 그걸 교문 들어갈 직
에 신고 학교 마치고 나오민서 벗어 책 보따리 넣고 맨
발로 댕겼지 아끼서 아버지 올 때까지 신을라고 3년을
신어도 아버지는 안 오더라고 4학년 때 학교 그만두고
는 마루 밑에 곱기 넣어 뒀지 열아홉에 시집올 직에 동
상한테 주민서 아버지 돌아올 때까장 아끼 신으라 카
민서 울었지 동상은 그 신발을 한 번도 안 신고 보재기
에 싸서 실강 우예 얹어 놓고 밤마다 쳐다보미 잠들었
다 카더라고 동상이 시집 가민서 가이고 왔더라고 언니
가 가이고 있으라 카민서 그 신을 찾아 놀 때까지 가이
고 있었는데 시간 나민서 잃어 먹었어 인진 머리 속에만
그러키 빨갛키 얹히 있어

송이

시집오기 전에 어메하고 동생하고 서이 사는 집에 맨날 찾아오는 쪼맨한 지지배가 있었다 너 이모보다 세 살인가 어렸지 나보다는 마이 어렸고 눈 사이는 넓은데 서리태 콩 같은 새까만 눈알이 가운데로 몰리 있고 얼굴이 납작했다 코도 작고 귀도 작았다 목이 자루에 넣어 놓은 것맹키로 쏙 드갔는데 참 곱고 조용하고 이뻤다 이름이 송이였다 하는 짓도 이뿌고 맨날 혼자 생글생글 웃는 아였다 감자 찐 거 하나 주만 그걸 하루 종일 조금씩 조금씩 먹다가 마루 한쪽에 가마이 종이로 덮어 두고 또 좀 있다가 들씨 가이고 먹고 그랬다 딱 하나만 먹었다 더 조도 안 먹고 다운정후구인인가 그기 머로? 가가 좀 아팠다 가 아버지가 육이오 때 총 멘 사람들 따라 산에 드가서 안 니리오고 행방불명 됐다 가들 집도 쩨지기 가난했다 그래 가는 뭘 조도 인사도 안 하고 받아먹는 기 참 이뻤다 그땐 감자도 귀했다 감자를 받아들고 고맙다는 인사도 잘 먹겠다는 말도 안 하고 오물오물 조용히 감자만 먹어이 얼매나 이뿌노 감자가 아주 고대로 한 톨 흘리는 것도 없이 쪼맨한 입에

정성시럽게 드가는 기라 인사가 뭐 필요하노 어메도 가
한테 주는 건 안 말렸다 감자 한입 먹고 천천히 하늘
한번 치다보고 또 한입 오물오물 씹어믄서 하늘을 치
다보고 그랬는데 초쩜 없는 눈도 참 고왔다 눈이 가운
데로 몰리 있어서 거기 가운데 이마에 무슨 혼이 매달
린 아 같았다 찔러도 물방울같이 금방 똥그래지는 그
런 혼이 눈하고 눈 사이에 말가키 맺히 있는 거 같았다
뿌사지지 않는 똥그랗고 말랑말랑한 아였다 요새도
가끔 그런 아기들이 보이만 가가 생각난다 우리 집이
동네 들머리에 있응께 맨날 우리 집에 와서 한참 있다
가고 그랬다 똑 저 아버지 기다리는 거맹키로 그래 있
다 가고 가가 나 시집오기 한 달 전에 죽었다 가들 어
메가 가를 거적떼기에 싸서 산에 묻으러 가는데 어메가
보지 말라고 문을 걸어 잠갔는데도 문을 강제로 따고
니기서 봤디 꼬맨힌 여지기 꼬맨힌 기적떼기를 안고 산
으로 갔지 우리도 아버지를 기다리는데 어메한테 혼날
까 봐 겉으로 표시는 내지 못하고 있으이 대신 가가 우
리 집에 오만 가가 하는 짓이 우리 대신 아버지를 기다

리 주는 거맹쿠로 보였다 귀가 쪼맨했는데 딱 저 아버
지 오는 소리만 들을라고 그래 쪼맨하기 생긴 귀 같았
다 입도 작기 딱 배고플 만치만 먹는 입이었다 배 안 고
플 만치 먹을라만 마이 먹어야 되는데 그때 마이 먹을
끼 어데 있노 배고플 만치만 먹어야지 송구 껍디기 빗
기 먹던 시절이었다 가 죽고 너 이모도 가를 기다리는
눈치였다 나 시집오고 어메가 그카는데 송이가 앉았던
자리에 너 이모가 맨날 앉아서 송이하고 똑같이 그래
하늘 한번씩 보민서 감자를 먹더라 카더라

백 년 동안 이어지는 전쟁

산소 호흡기를 쓴 노인이 머리를 감싸 쥐고 폭탄 피하는 듯이 엎드리며 출입구를 쳐다본다 돌아오지 않은 사람은 언제나 살아 있는 것이어서 백 년 동안 노인에게로 오고 있는 중이다 원자 폭탄이 떨어져 일본은 곧 망할 끼다 징용 간 아부지가 돈 한 보따리 들고 탕 나타날 끼다 혼잣말을 하기 시작한 노인은 평생을 기다리다 참을 수 없었던 만 91년 만에 일본과의 전쟁에 돌입한 모양이다 오지 않은 사람은 지금도 오고 있는 중이어서 일본에 원자 폭탄을 퍼부으며 탕탕 문을 열고 나타날 끼다 노인은 병사처럼 빠르게 엎드리며 출입구를 바라본다

인민군여성동맹 위원장의 입

국군이 다 어디로 가 버리고 인민군이 와서 어메를
인민군여성동맹 위원장을 시켰다 어메가 말을 참 잘했
다 뭘 알아서 한 것도 아이고 사람들이 막 하라 캐서
한 기지 일정 때 아버지는 일본 끌리가서 돌아오도 않
고 우리찌리 어렵기 살았는데 어메가 경우 바르고 똑똑
했다 사람들한테 인심 마이 얻었다 나중에 국군이 다
시 돌아와 어메를 끌고 가서 총구멍을 입에 넣고 혀를
다 쑤셨다 죽일라고 그캐서 친척 아재가 매달리 가이
고 빌고 빌어 살아났다 카더라 우린 어렸으이 아무것
도 모르고 어메가 사흘을 안 돌아오이 어린 동생하고
나는 붙들고 울기만 했다 평상 울 껄 그때 다 울었지
싶다 무숩고 춥고 밥도 못 먹고 울기만 했다 어메는 돌
아와서 아무 말도 안 했다 실성한 사람맹쿠로 눈이 풀
리고 멀거이 미칠을 앉아만 있더라 남편도 없이 서른 몇
살짜리 어린 여자가 그래 살라 하이 얼매나 힘들고 무
수왔겠노 그카다가 한날은 한참 울다만 일어나서 나
무하러 산에 같이 가자고 해서 나무하러 산에 갔다 동
네 사람들 국군한테 끌리가서 학살당한 영순 냇가 내

리다 보이는 산이었을 끼다 거게서 우리를 붙들고 또
그키 울길래 우린 우쨌 영문도 모리고 따라 울었다 어
메가 우이 그냥 눈물이 줄줄 나더라 그카고 나서 어메
는 돌아가실 때까장 입을 닫았다

어항

　방사선실 앞에서 머리 깎고 울고 있는 어린 환자에게 처음 보는 늙은 환자가 다가가 등을 토닥인다 지나가던 간호사가 모르는 물결이 모르는 물풀에 눕듯 두 사람의 어깨에 머리를 대고 한참 있다 간다 낯선 사람들이 아는 사이가 되는 사이 어린 환자의 보호자는 방사선실 앞으로 가서 초면의 늙은 환자에게 고맙다는 인사를 한다 모르는 사이가 친구가 되는 사이 방사선실에 빨간 불이 켜지고 어린 환자의 피폭이 시작된다 철창에 갇힌 짐승처럼 갑자기 왔다 갔다 하는 보호자의 등을 늙은 환자가 쓰다듬어 준다 힘내요 보호자가 힘을 내야 환자가 힘이 나지 늙은 환자의 손길에 맞춰 보호자의 등이 출렁인다 눈물이 보호자의 등에서 나와 늙은 환자의 손바닥으로 흘러간다 물속 같다 치료가 끝나 방사선실 문이 열리고 어린 환자가 죽음의 환한 물살에 부르튼 상처투성이 입술을 물고기처럼 뻐끔거리며 나온다 머리카락 없는 늙은 환자가 가느다란 지느러미 손으로 어린 환자를 툭 치며 방사선실로 헤엄쳐 들어간다

어여

엄마, 어여 들어가 고마 추운데 그래 어여 가거라 자
꾸 뒤돌아보지 말고 조심히 가거라 언제 오노? 고마 어
여 들어가라캉께 추운데 들어가 어여 그래 조심히 가거
라 언제 또 보겠나 너 가는 거 보고 드가께 어여 가거
라 언제 또 오노? 어여 쫌 드가 팔 아파여 손 고마 흔
들고 나 이제 진짜 가여 그래 어여 조심히 가거라 어여
가다가 추우만 돌아와서 몸 좀 녹이고 가거라 어여 가
거라

풀밭과 풀벌레

  야이야 거 풀밭에 가까이 가만 모기한테 쏘인다 디
기 따갑대이 엄마 풀벌레가 어데서 우는지 아무리 찾아
봐도 안 보이네 풀밭이 우는 건데 머 할라고 그걸 찾노
풀밭이 운다고? 풀하고 풀벌레는 한 몸띠다 풀벌레는
풀하고 한 몸띠 쌀벌레는 쌀하고 한 몸띠 자슥은 부모
하고 한 몸띠 사람은 땅하고 한 몸띠 그러이 따로 찾
을 필요가 뭐 있노 하나가 우는 건데 오줌 누러 갈 때
자꾸 불 키지 말고 가거라 불 안 키도 어두워지만 길이
보일 끼다 엄마 안 자고 깨어 있었어? 안 깼다 지금 자
고 있잖나

명당

너 징조할배 산소가 있었던 덴데 경치가 좋다 공동
묘지 비슷하이 그런 산손데 명당이라고 손 안 대고 배
롱나무하고 다 고대로 뒀다 갈 때마다 배롱나무를 씨
다듬어 줬잖나 지나 내나 혼자 사이 외로울 까라고 몇
해를 씨다듬어 줬디만 재작년 봄에 밑에서부터 꽃이 몇
개 피더라 그런데 고만 올봄에는 내가 빙원에 있니라고
못 돌봤는데 우째 됐는지 모르겠다 내가 말라꼬 거짓
말을 하노 사람도 그렇고 집도 그렇고 뭐든 자꾸 씨다
듬어 주고 말을 걸어 주만 속에 있던 것이 나온다 집도
몇 해 비우만 그냥 폭삭 주저 앉지만 자꾸 씰고 닦으
마 빛이 나오고 윤이 나오지 반짝반짝하는 기 나와서
어데 갔다 돌아올 때 대문을 열만 환하기 반기 주기도
하고 그런 기다 사람 손을 타야 다 명당이다 근데 너
바쁘이까 산소는 안 와도 된다 그냥 하는 말이니 걱정
할 기 없다

영혼

엄마, 나비가 꽃의 혼이라고?
그래, 이뿌기 가꽈야 안 달아난다

기다린다는 것
—거지뿌렁

　이래 가마이 앉아 있으마 내가 이 집하고 같이 늙어
가는구나 싶다 내가 실구무이 풀어져서 집에 붙는 거
가트마 잠도 오고 그런다 집을 닮아 어데 나가도 안코
이래 앉아 있어도 펀하다 마당 안에 있던 해가 저짜 삽
작거리로 나가서 서산 말래이로 넘어가마 하루가 가는
구나 그런 생각도 하고 혹깐 가다가 옛날 생각이 나마
그때 만났던 사람들도 어디서 나거치 늙어서 이러키 앉
아 있기나 죽어서 또 어데 앉아 있기나 그러겠지 시프
다 기다리도 안 오만 고마 기다리는 긴지 안 기다리는
긴지 모르고 그래 산다 기다리는 줄도 모르고 시간이
흐르는 줄도 모르고 그래 산다 너 이할매*가 일본 끌
리간 이할배** 기다리미 그랬잖나 잊어뿔릴라고 애쓰는
것도 기다리는 기고 안 기다린다고 거지뿌렁 하민서 몰
래 우는 것도 기다리는 기고 다 잊었다 카민서 웃는 것
노 시나리는 기고

　* 외할머니.
　** 외할아버지.

개나 소나 쓰는 시

엄마, 개나 소나 시 쓴다고 시 쓰는 사람들을 비웃는 사람도 많아 개도 소도 시 쓴다 니가 시는 마음이라 캤잖나 엉? 혹시 진짜 멍멍 짖는 개나 음무우 우는 소가 시를 쓴다는 건가? 그렇지 개는 주인이 돌아오마 꼬리를 흔들고 도둑이 오마 컹컹 짖고 소는 주인이 소죽을 끼리 주마 고개를 꺼덕꺼덕하고 그칸다 그기 개나 소가 쓰는 시지 뭐로 맞다 맞아 엄마, 그러면 개나 소도 시를 쓰고 혹시 꽃도 시를 쏠란가? 꽃은 알록달록하기 시를 쓰겠지 엄마, 꽃이 쓰는 시를 한번 말해 줘 봐 꽃이 쓰는 시? 나는 흔들흔들 흔들리미 큰다 흔들흔들 모가지 뽑아 올리 멀리 보미 기다린다 너도 어데서 흔들흔들 목 뽑아 기다리나 나는 발도 붙잡히 손도 붙잡히 움직거리지 못해 색깔 좋기 자라 흔들흔들 향기만 보낸다 이러키 쓰마 어떻노? 좋아 참말 좋네 거다가 한마디 더 보태야 될따 뭐라고 보태? 너도 흔들흔들 어데서 나한테 향기를 보내나 생각만 해도 니 냄새가 난다 이러키

13인의 대법관에게 고함

너희들 판결하는 데 조금이라도 방해될까 봐

땅 파고 농사짓는 일, 바닷바람에 살점 파 먹히며 물
고기 잡는 일, 공장 돌리는 일은 우리가 하였다

너희들 고운 손 깨끗한 피부로, 더러운 손 다친 사람
생각해 달라고

영하 20도 굴뚝 꼭대기에 올라가 농성하는 일은 우
리가 하였다

너희들은 판결에만 전념하라고

비린내 나는 생선은 우리가 팔고

육중한 기계음 들리는 공장 컨베이어 벨트는 우리가
지켰다

너희들 월급 받아 판결 잘해 달라고

나라에 꼬박꼬박 세금 바쳤다

수백 억 갈취한 파렴치범 감옥에 보내 달라고

빵 한 조각 훔친 아이의 두려움

새벽에 아이를 안고 맨발로 도망 나온 엄마들의 눈
물을 알아 달라고

너희들 좋은 머리 아플까 봐
너희들의 판단이 맞겠지 하며
첫 버스를 타고 출근하여 막차를 타고 퇴근하였다

우리는 농사 전문가
우리는 기계 전문가
우리는 알바 전문가
우리는 예술 전문가
우리는 장사 전문가
우리는 사무 전문가
우리는 택시 전문가
우리는 버스 전문가
우리는 서비스 전문가

우리가 판단하는 것보다
너희들이 더 잘할 것이므로
우리는 못하니까
우리는 못 배웠으니까

기꺼이 많이 배운 너희들을 인정하며 너희들에게 법의
칼을 쥐어 주었다
　너희들 법복 앞에 떨며
　때로 꾸중도 듣고 감옥에도 가고 벌금 내며 살았다

　우리는 환경 미화 전문가
　너희들이 버린 쓰레기가 너희들을 더럽힐까 봐
　그것으로 시간을 빼앗을까 봐
　너희들 눈에 띄지 않게 치우고 줍고
　너희들이 화장실에서 묻혀 온 발자국
　법원 복도마다 소리 없이 닦고 지워 주었다
　우리는 위생 전문가
　너희들이 싼 똥이 너희들을 더럽힐까 봐
　너희들이 싼 똥 냄새가 법전을 더럽힐까 봐
　니희들 눈에 띄지 않게 수기허고
　너희들이 죽어도 못 하는 일
　우리가 살아서 다 해 주었다

헌법과 법률에 의하여 그 양심에 따라 독립하여 심판
하라고
　우리는 언 땅에 서서 두 손 호호 불며 아르바이트를
하였고
　야간 근무를 하였고 공사장에서 떨어져 죽었고 과
로로 죽었고 뿔뿔이 흩어진 가족들 살길 찾다 죽었다
　절망으로도 죽고 희망으로도 죽었지만

　사법권은 그 어떤 권력으로부터도 독립되었다고 믿고
법은 너희들에게 맡겼다
　아니 믿고 맡길 수밖에 없었다
　우리는 너희들과 다른 우리의 일을 해야 하니까
　너희들이 결코 못 하는 일은 우리가 하고
　우리가 못 하는 일은 너희들이 하라고
　너희들에게 맡겼다

　너희들이 모든 것으로부터 독립하여도
　우리의 노동, 예술, 사무, 아르바이트, 장사

우리의 눈물로부터

아니 우리가 낸 세금으로부터 독립하여도

언 손 불며 돈 벌어 월급 주며

우리가 고용한 법의 노동자들이었기에

믿고 고개 숙였다

따랐고 인정했고 복종했다

그런데 너희들은 왜?

너희들은 왜?

한겨울에 우리가 떨며 그렇게 울었는데도

아이가, 엄마가, 딸이, 아들이 그렇게 죽어 가는데도

그런데 너희들은 왜?

너희들은 왜?

어버이날

 머 이런 날을 뒤 가이고 기대하기 하고 부담시럽기
하고 부모나 자식이나 서로한테 안 좋다 전화가 없으
마 없는 기고 있으마 있는 기고 그래 살아야지 지들만
잘 살만 되는 기지 백지 머 이런 날을 뒤 가이고 통장
에 돈 들어왔나 안 들어왔나 무다이 자꾸 궁금해 하
민서 다들 전화길 붙들고 살기 만드노 난 기대 안 한
다 넌도 기대하지 말거라 통장은 농협에 가야 확인할
수 있지?

5부

돌 하나 들고 집에 와서

첫눈

　붕어빵 여섯 개를 산 소년이 붕어빵을 안고 눈발 속으로 뛰어간다 구도로 카렌 미용실 처마를 빌려 붕어빵을 굽기 시작한 김 노인의 눈 멀리 머리가 사라지고 어깨가 사라진 소년의 발목이 하얗게 지워질 때까지 눈이 내린다 흐린 눈을 떴다 감았다 하며 김 노인이 어린 시절을 달려간다 노인에서 소년까지 붕어빵 속에 첫눈이 온다

유채꽃

어머니— 아버지 묻힌 곳에 꽃이 만발했어요
아들아 그럼 그 꽃이 다 울음이다

작약
—신경림 선생님

그늘을 먹고 붉은 꽃
사람도 그런 사람 있다지
한사코 세상의 아픔 쪽으로 걸어가서
뜨거워진

봄 마중
―요양 병원

엄마아 목련이 피려나 봐
오래 치다보면 서로 핀다
마당에 꽃을 왜 심겠노
필 때도 이쁘고 질 때도 이뻐서 심지
질 때는 떨어진 꽃을 빗자루로 씨러 모다 놓으만
한참 볼고리 하이 마당에 빛이 돈다
필 때는 나도 핀다 질 때는 나도 징께 또 피는 꽃을 기
다리는 기지
기다링께 일 년이 더디 가도 괘않고
피는 기 잠깐이라서 중한 봄이다
시방 집에 마당에 꽃이 필라고 몇 놈은 준비하고 있
을 낀데
내가 여서 이카이 지만수*가 난다
안 아팠으만 좋을따
몸이 나으마 지패이 짚고 천처이 걸어서 고향에 가고
싶다
걸어가마 한 달 걸린다고? 아이고 그러마 니 차로 가
야 할따

꽃 핀 마당에 들어서면서 발로 바닥을 쿵쿵 울리
인사를 하마 꽃들이
우우우 대꾸를 한다

* 지루함.

봄밤

나무를 도륙한 자는
나무의 잘린 목에서 해마다 피어나는
영혼 같은 저 꽃이 얼마나 두렵겠는가?

아직까지
봄을 이겼다는 사람을 본 적이 없다

동백나무 수목장

시만 한 보따리 싸서 남쪽으로 간 누이는
십 년 만에 미황사 동백나무가 되었습니다
부업거리 올려놓던 호마이카 상 펴 놓고
밤마다 또박또박 눈물을 써서
주인집 전화기 빌려 읊어 주던 누이
더 쓸 눈물 없던 날 몸이 백지처럼 말라
동백나무가 되었습니다
바람 부는 날이면 누이는
가끔 죽음을 참지 못하고 흔들립니다
동공을 감싼 붉은 결막
노랗게 부어오른 눈알 통째로 떨구며 웁니다
미황사 오르는 길에
동백나무 한 그루 충혈되어 서 있습니다

어느 고양이의 죽음

불쑥 길에 스며드는 몸을 강한 빛과 속도가 통과한 뒤 태어나 처음으로 몸은 분명하게 죽어 가고 있다 길에서 길로 이어진 사랑 버려지기 위해 뛰었고 돌아가지 않기 위해 걷다 환한 그늘 익숙한 추위에 이르렀다

죽은 새끼를 물고 오르던 처마 달빛 강둑 따라 핀 꽃 속에서 오래전 사랑을 만나 도망치던 상처 추억이 핏물로 뜨겁게 흘러내릴 때 몸을 빠져나가기 위해 영혼이 눈을 뜨고 마지막 바깥을 본다 풍선 꺼지듯 납작하게 세상이 저물면 이사를 다니지 않아도 되고 끼니를 걱정하지 않아도 되는 이곳 짧은 방황을 내려놓고 정착하는 가을

눈먼 빛과 속도가 계절과 둥근 허리를 치고 지나간다 뼛속까지 짓이겨져 허기의 높이가 사라지면 더 많은 속도와 빛들이 파멸을 향해 달려온다 유언 같은 흔적이 빛과 속도에 가하는 복수 이것은 바닥난 몸의 기록 가해자 앞에 엎드려 가해를 부추기는 일 벼랑 끝에서 감

정을 사라지게 하는 일 평정 당할수록 수월해지는 보복
을 위해 몸은 켜켜이 길이 되고

　　몸을 벗은 영혼은 구름으로 담장의 꽃송이로 미세
먼지로 꿈꾸듯 우리 곁을 떠돌겠지 몸은 길에서 태어나
길로 귀향을 완성한다 세상의 모든 바닥은 복수하기 위
해 피범벅이 되어 눕고 쓰러져 벼랑으로 허리를 꺾고 인
간의 무리를 이끌겠지 용서하지 않기 위해 길은 눈동자
를 품고 세상으로 걸어간다

나를 위한 변명

혼자 살다 죽으면
늦게 발견된 나를 보며 후회하고 괴로워할 사람이 걱
정이지
죽은 나야 뭐 어때
혼자 살다 설거지도 못 해 놓고 떠나면
먹다 남긴 허술한 반찬들을 보며
통곡할 사람의 아픔이 걱정인 거지
이미 떠난 나야 뭐
미처 알리지 못하고 숨을 멈추면
이대로 자는 듯이 떠나면

혼자만 봐야 할 것 버릴 것 자주 버리고
설거지해 놓고
잠자리 들 때는 깨끗한 옷으로 갈아입지
아픈 시대를 만나 겉으로는 슬퍼했지만
돌아서 홀로 즐거움을 찾아 킥킥거린 흔적과
생각과 행동이 일치하지 않는 비겁한 유적들
뒹구는 술병

나 떠난 뒤 발견되는 나는 창피한 노릇이어서
혼자 살다 죽으면
나 없이 누운 나보다
나를 늦게 발견한 사람의 가슴 치는 후회와
그렁그렁한 눈망울이 걱정인 거지

빨래하고 반찬 몇 가지 냉장고에 넣어 두고
부끄러운 나를 수습하기 위한 시와 그림 몇 개
발견한 사람에게 선물하라고 유언으로 남겨 놔야지
나 떠난 나를 발견하는 사람도 좀 보람이 있으라고
세상에 없는 나야 뭐 상관없지만
가족들 욕이나 먹지 않게
살아서 부끄럽지 않은 일에도 기웃거리는 거지
밤이면 등을 펴고 반듯하게 눕는 거지

바다가 되어 가는

하얗게 일어서 오는 파도는 딸이 흔드는 팔 떠밀려 온 미역줄기는 머리카락 해변의 모래 알갱이들 밟을 때마다 딸이 남긴 말들 들리는데 내가 여길 어떻게 떠나나 바다에 서면 노상 울지 눈물 사이로 보이는 수평선이 우리 딸의 아주 감은 눈이더라고 자식은 가슴에 묻는다는데 우리 딸은 바다에 묻었어 나도 이 바다에서 죽겠지 관광 온 젊은 처자들 딸로 보일 때 갑자기 심장이 뛰고 발이 혼자 달려가더라고 미친년처럼 쫓아가서 얼굴을 보면 딸이 아니고 환장한 년처럼 따라가서 이름 부르면 바람만 불고 나도 한 발은 바다에 넣고 살아 언젠가 내가 꼼짝도 하지 않고 갯바위로 서 있을 때 내가 시커먼 바다가 되어 가는 거더라고 바다에서 죽은 자식은 바다가 된 에미 몸에서 파도치고 머리 빗고 모래알 같은 말들 종알거리겠지 죽은 자식은 부모 몸에 묻는다는 말이 맞아 허공을 치며 아기 울음 우는 갈매기들은 내 가슴에도 묻힐 수 없는 딸의 영혼일 테고 자식 죽은 부모는 자식 담은 관짝이야 대렴大殮도 못했으니 날마다 덜거덕거리는 소리로 사람을 깨워 자다가도 일어나 앉아 깊어지는 거지

청명과 곡우 사이
—소아암 병동에서

    바람 흔드는 소리에 놀라 깨면 언제나처럼 아이가 아
프고 있어서 다행입니다 동공 없는 눈으로 창밖을 보며
모기만 한 소리로 엄마를 부르는 소리 아이가 아픈 중
이어서 운수 좋게 숨소리를 확인하는 일과 울지 않는 일
로 하루가 갑니다 아이의 눈은 바람 부는 쪽으로 흘러
가 돌아오지 않지만 신이여 아직은 우리를 부르지 마시
옵고 이대로 좀 더 오래 있게 해 주소서 기도와 함께 공
룡 장난감들 같은 어둠이 조물락조물락 내려오는 밤 기
적이 있다면 최선을 다해 다정한 끝을 보는 것입니다 봄
이 오고 봄이 가는 하루하루 아이가 아프고 있어서 다
행입니다

돌비 시스템

처음 손잡았던 곳에 오면
이어폰 반씩 나누어 듣던 음악이
골목길 돌아, 나온다
겨울에 봄 햇살 내리는 길
스피커 같다

경상도 사내가 전라도 대통령을 좋아하여 신기하다는
낮은 정치를 놀리며
부러 조선 민주주의 인민 공화국 노래를 부르던
생활의 방도도 없이
낮술 마시던 곳

아름다운 것은 두고 가도
아픈 사람은 두고 갈 수 없어서
사랑이 끝난 뒤까지
음악을 듣던 곳

우리가 처음 손잡았던 곳에 와서

우두커니 볼륨을 높인다
너 없는 허공에 이어폰 한쪽 끼우면
고통을 건너간 하늘에서 음악이 내려온다

꿈꾸는 사람들

동공이 빛을 가리는 개기 일식
어두운 밝은 날
흰 지팡이 앞세워 시장통 더듬는 남자에게
팔짱 낀 여자가 감긴 눈꺼풀 문풍지처럼 떨며 말한다
자기랑 장 구경하는 게 좋아
꿈꾸는 사람들 같다

볼록 튀어나오는 여자의 목소리를
귀로 만지던 남자가 뭐가 그렇게 좋아?
보이지 않는 여자를 끌어당기며 묻는다
듣기만 해도 싱싱하잖아
우리가 눈을 가졌으면 큰일 날 뻔했어
분홍 매니큐어 손톱이 남자의 손바닥에
점점 즐거움을 새긴다
서로 만지며 웃는 손바닥과 손톱

감긴 눈 틈으로 새어 나오는 빛
깜깜하게 밝은 시장통

풍요로운 소리들이 점자처럼 피부에 돋는다
과일의 붉은 소리
도톰하게 진열된 겨울옷 음성들
시장통이 남자와 여자의 손안에서 표정을 짓는다

귀에 빛이 자라고 손끝에 눈이 생긴다
도드라진 소리가 오톨도톨 걸어 다니는 곳
맛보기 젓갈과 김치 맛을 읽는 손가락
예민한 피부에 서로를 새겨 넣는 남녀가
흰 지팡이를 애완견처럼 앞세우고 걸어간다
찬 바람 초성 한 점만으로도 서로를 읽는
남자 여자 점자

돌

저짜 창고 쪽으로 가마 니가 고닥꼬 때 경들 지지바가 낑낑거리미 주다 준 돌에 기림 기린 거 내가 안 버리고 놔뒀다 그게 아직도 있어? 40년도 더 됐을 건데 뺑끼칠을 해서 안 지와지고 있디만 인지 껍디기 비끼지듯이 삐끼지더라 경들 그 지지바는 지금 뭐 하는동 모르지? 시집갔을 끼라 아이고 할머니가 됐을 건데 모르지 나 서울로 학교 오고 그때부터 연락 끊어졌는데 뭐 딴 남자 만나 잘 산다 카더라고 가는 너보다 두 살인가 어리지? 너 서울로 대학 가고 장마졌을 때 지지바가 하얀 교복을 입고 왔더라 맨발로 물을 건너와서 마당에 못 들어오고 담 모티 서서 그키 울더라 달래서 보냈다 참 얌전하고 이뻤다 아 그랬구나 40년도 더 지난 일이네 지가 연락 끊고는 엄마한테 가서 울긴 왜 울어 거참 근데 그 돌을 어째 아직 가지고 있어? 여게 니 맘이 들어갔으이 이것도 목숨인데 우째 버리노 새도 구름도 안 버리고 있으이 저래 잘 날라댕기지 꽃도 피는 기고 엄마 요양 보호사 아주머니한테 그 돌 사진 좀 찍어서 나한테 보내 주라고 해 봐 그래 그카께 끊고 기다리거라 핸드폰에 돌 사진이

122

뜬다 두 개 그려서 그 지지바 하나 주고 내가 하나 가지
고 있던

돌탑

서낭대이에 오다가다 한 사람씩 돌 던져 쌓아 놓은 돌무더기 있었잖나 넌 기억나나 몰따 응 있었지 기억나 어릴 적에 봤지 난 거기 넘어올 때 무섭던데 도로 나면서 다 부쉈는지 안 보이데 옛날부터 사람들이 돌을 던져 쌓은 거 그기 그래 사람들이 쌓아서 마음이 된 기다 무슨 마음? 동네 지키고 사람들 지키는 마음이지 그기 그냥 돌무더기가 아이고 우리 마을 지켜 주는 서낭 장군이 된 기다 어데 갔다가 동네 들어올 때 장군님이 나쁜 거 싹 씻어 주고 밖으로 나갈 때 용기를 너 줬다 그러이 그 돌무더기가 자슥 걱정하는 부모맹쿠로 그러키 천년만년 거게서 잠도 안 자고 눈을 뜨고 탄탄하이 서 있었던 기지 뭐든 오래 쌓고 뭉치고 정성이 합치마 그러마 뭐가 돼도 된다 기운이 생기는 기지 그래 해마동 그 따가 금줄을 새로 해 두르고 술도 바치고 떡도 바치고 세배도 하고 그랬잖나 그기 없어지고 동네 빙이 자꾸 돈다 정성이 없어지이 사람들이 빠닥해진다 내가 안 아플 적엔 그짜로 한 바퀴 돌민서 돌 하나씩 갖다 났는데 쪼매 쌓이마 누가 자꾸 치와 삐리더라 가에 밭 주인이 그

124

랬겠지 외지 사람들이 마이 들어와서 농사짓고 그렁께
누가 누군지 잘 모르겠더라 인지는 냇가 가마 나 혼자
돌 하나 들고 집에 가지고 와서 하나씩 쌓아 본다 그러
마 목숨이 하나씩 생기는 기지

때

영리한 개는 때가 되면 아무도 모르게
아무도 모르는 곳으로 가서
남은 생을 내려놓는다고 합니다
마당가에 피어 여름을 나고
천천히 시들어 가던 꽃이 보이지 않습니다
며칠째 연락이 되지 않는 사람에게
급히 가 봐야겠습니다

귀향 의지

길가에 코스모스 피고
잠자리 노랗게 날던 가을이 있었다

그곳에 가기 위해 늙고 있다

상처를 열어 만든 비상구飛上口

이병국(문학평론가)

시원始原으로의 회귀

'개인적인 것이 정치적인 것'이라는 말이 있다. 그 의미를 가장 잘 보여 주는 것이 문학이라는 것에 이의를 달기 어려운 이유는 문학이, 특히 시가 세계를 '나'라는 자아의 층위에서 사유하여 풀어내는 장르이기 때문이다. '세계의 자아화'라는 측면에서 이야기되는 서정시의 형태가 특히 그렇다. 세계를 자아, 주체로 수렴하는 동화에 기반한 서정시는 세계와의 불화를 거친 언어가 아닌 순한 감정의 층위에서 운위되는 장르라 할 수 있다. 그리하여 세계를 대하는 존재의 정서적 반응에 주목하면서 그 불가해성에 천착하는 시의 서정은 마치 세상의 모든 슬픔이 보잘것없는 자신의 것인 양 시인에게서 발화된다. 그럼으로써 다시 외부를 향해 열린 정동으로 공유되어 독자에게 익숙하면서도 성찰적인 어떤 감각을 제공한다. 그 곁에서 지극히 사적인 경험을 일상적 언어로 풀어냄으로써 민중의 공동체적 기억으로 전유하는 김주대 시인의 시적 미학은 이를 가장 뚜렷이 보여 주는 예라 할 만하다.

이전 시집에서 그랬듯 이번 시집에서도 김주대 시인은 가족 서사에 기반을 둔 시편들을 통해 존재의 시원始原을 살피는 한편 동시대를 살아가는 이들의 비애를 위무한다. 일련의 부모 소재 시편들에서 엿보이듯 김주대 시인은 부모, 특히 어머니와의 일상적 대화를 시 안으로 끌어들이며 삶의 진정에 울림을 준다. 이를테면 「마음」에서 "제비 새끼들"을 "오래 보고 있"는 어머니를 걱정하며 화자가 말을 건넬 때 어머니는 "저것들이 입을 딱딱 벌리민서 꼼지락거리는 걸 보마/나도 꼼지락거리미 숨을 잘 쉬기 된다"고 한다. 이는 부모의 마음으로 자신의 욕망에 충실히 응답하며 제 몫을 추구해 가는 자식들의 삶을 응시하는 것이랄 수도 있으면서도 이어지는 화자의 말("엄마는 꽃도 제비도 너무 오래 쳐다봐")을 통해 타자를 오래 응시함으로써 동화되는 존재의 어떤 삶의 태도에서 비롯한 감각임을 알 수 있다. 꽃을 오래 보면 꽃이 되는, 물론 "꽃이 다 되는 기 아"니겠지만, 오래 쳐다봄으로써 관심을 기울이고 애정을 쏟는다면 타자를 품고 존재의 의미를 확장해 나갈 수 있게 되는 것이라는 삶의 성찰이 전해진다("마음을 이래 살랑살랑 그래야 꽃이 된다"). 시인은 이를 '상처를 열어 비상구를 만드는 일'이라고 보는 듯하다. 시집을 여는 시를 보자.

언 살 수면을 찢어 늪은

새들의 비상구飛上口를 만들어 놓았다

출렁이는 상처를 밟고 새들이 힘차게 떠나간 뒤

늪은 심장에 울던 새들의 발소리 기억하며

겨우내 상처를 열어 두었다

고향을 떠난 우리

언제나 어머니 상처에 돌아갈 수 있을까

—「겨울 우포」 전문

  경상남도 창녕군에 자리한 우포(늪)를 전유하여 "어
머니 상처"의 의미를 톺는 「겨울 우포」는 자기희생적 면
모를 띤 어머니의 사랑을 존재의 시원과 연결하여 풀어
내고 있다. 주지하다시피 '우포늪'이라는 자연적 공간은
각종 야생 동물과 식물의 서식처를 제공하며 생태학적

으로 중요한 기능을 수행하는 장소이다. 그곳을 매년 수천 마리의 철새들이 찾아온다. 우포는 새들을 위해 "언 살 수면을 찢어 늪"을 내어놓고 새들이 쉬어 가게 한다. 그곳을 하나의 단일한 개체로 볼 수는 없는 노릇이지만 타자를 향해 활짝 열려 있다는 점에서 우포라는 장소가 지닌 존재론적 함의는 대지의 여신 가이아에 가닿는다. 자신을 매개로 해 새로운 존재를 생성해 내고 그리하여 세계 자체를 만들어 내는 힘을 지닌 존재인 가이아는 자기 이후에 오는 존재에게 시원으로 자리매김한다. 이를 부모—자식의 관계로 제한하여 바라보는 것은 협소한 인식일 수도 있지만, 일종의 알레고리로 읽어보자면, '겨울 우포'는 겨울 철새들에게 삶의 토대를 제공한다는 점에서 부모—자식의 관계와 상통하는 점이 크다. 자식은 부모의 돌봄을 통해 세계로 나아가는 존재다. 이때의 돌봄은 당위적인 것이 아니다. 그것은 "언 살 수면을 찢어" 만드는 자기희생을 기반에 둔다. 그 찢어진 "상처를 밟고" 자식은 더 넓은 세상으로 비상飛上한다. 남은 부모는 "심장에 울던 새들의 발소리 기억하며// 겨우내 상처를 열어" 둔다. 자식들이 언제 다시 찾아와 쉬게 될지 모르기 때문이다. 시인은 "고향을 떠난 우리"가 "언제나 어머니 상처에 돌아갈 수 있을까" 묻는다. 상

처를 열어 비상구飛上口를 만든 어머니, 그 존재의 시원
은 우리가 삶을 살아가는 데 주요한 토대이자 본류이겠
으나 그곳으로 돌아가는 일은 불가능에 가깝다. 잘 보
존된 우포와 달리 부모는 늙고 병들어 우리 곁을 떠나기
때문이다.

일상적 삶의 숭고

그렇다고 해서 시원으로의 회귀가 고향을 찾아 부모
에게 가는 것으로 제한해서 볼 필요는 없겠다. 김주대
시인은 「종의 기원」에서 언급하듯 존재의 시원을 부모
의 얼굴이 아로새긴 자신의 얼굴에서 본다. "늘 나보다
나이가 많은 어른"이었던 돌아가신 아버지를 회상하는
시인에게 "아버지는 평생 지금의 나보다 어렸던 사람"
(「아버지 그 어린것이」)으로 전화轉化한다. 또한 시인은
돌아가신 아버지를 짠하게 여기며 "나의 모든 표정은
아버지를 장사 지내는 절차"(「종의 기원」)라고 한다. '장
사葬事'는 땅에 죽은 이를 묻는 일을 뜻하지만, 그것은
애도의 층위에서 수행되는 일이자 살아 있는 이의 가슴
에 죽은 이를 묻는 일이기도 하다. 존재를 묻어 삭제하
는 것이 아니라 앞서간 존재를 기억하고 뜻을 잇는 행위
에 가깝다. 이는 존재의 시원이 고착화된 그 무엇이 아
닌, 세대를 이어 전해지는 영속으로 기능함을 의미한다.

이를 "피의 순간"(「종의 기원」)이라고 할 수도 있겠다.

> 무슨 일인지 아들은 전화기에다 대고 울먹이고
> 나는 가을 하늘처럼 적막해
> 서둘러 만취하여
> 허락하지 않은 익숙한 발걸음 따라 복권집으로 간다
>
> 요행을 바라는 간사한 마음으로
> 사람들 북적이는 복권집 벽에 기대어
> 정성껏 번호를 고른다
> 나보다 가난한 사람들에게는
> 부끄러움과 치욕도 사치일 것이므로
> 생계를 밀고 가다 비계에서 떨어져 죽기도 하므로
> 나의 체면과 가난은 아직 기교라는 생각 때문에
> 요행도 우연도 축복일 테니
> 복권집에 몰려든 사람들과 함께
> 부끄러울 겨를도 없는 아우성 속에서
> 다시는 복권을 사지 않겠다 다짐하면서
> 935회 복권 두 장을 긁으며
>
> ─「꽝」부분

인용한 「꽝」의 내용은 단순하다. 복권을 사지 않겠다

고 다짐하며 살아온 화자가 어느 날 울먹이는 아들의 전화를 받고 복권을 두 장 긁는다는 서사가 그것이다. 아버지를 장사 지내고 아버지가 된 화자는 자식을 위해 무엇이라도 해야 한다는 마음으로, 삶의 토대를 마련해 주어야 한다는 일념으로 "부끄러움과 치욕"으로 여겼던 복권을 긁는다. 부모가 된다는 것은 "부끄러움과 치욕"을 감내하는 존재로 자리매김하는 것이겠지만 무엇이 부끄럽고 또 치욕스러운 것인지 묻지 않을 수 없다. 인용 구절 앞에서 화자는 복권에 당첨이라도 되면 "가난의 따스함을 잃고 저절로 흘러나오는/짧은 문장도 잊을 것"이라는 걱정을 한다. "사는 일의 허무함 속에서/절망을 향해 두려움 없이 걷는" 일이 시인의 일이라서 요행을 바라는 삶은 탐욕에 스스로를 내모는 것이라 여기는 것으로 생각하기 때문이다.

이러한 자기 인식은 시인으로서의 정체성을 공고히 다지는 데 유의미하지만 "가을 하늘처럼 적막"한 삶을 긍정하는 데에는 유효하지 않은 것이기도 하다. 또한 "나보다 가난한 사람들"과 스스로를 분리하여 사고하는 방식이라 "생계를 밀고 가다 비계에서 떨어져 죽기도 하"는 궁핍을 외면하는 일이라고도 볼 수 있다. 어쩌면 이는 "요행을 바라는" 것보다도 더 "간사한 마음"인지도 모른다.

그런 점에서 평범하기만 한 이들의 일상적 삶을 살필 필요가 있다. 존재의 시원이 된다는 것, 부모의 마음으로 자식을 돌보는 일은 나아가 타자를 응시하고 그 삶을 품는 일이기도 하기 때문이다. '꽝'이 될지언정 "요행"과 "우연"에 기댈 수밖에 없는 저 신산한 삶의 풍경으로부터 고개 돌리지 않고 살피는 일이야말로 "절망을 향해 두려움 없이 걷는" 시인의 역할이 아닐까. 이에 응답하듯 김주대 시인이 형상화하는 시의 진정은 그러한 일상적 삶의 존재를 톺아 서로가 서로에게 삶의 토대가 되어주고 시원으로 기능하는 데 있다.

붕어빵 잘 팔리는 추운 동네 붕어빵 포장마차 앞에 보행기 할머니가 모이 찾는 비둘기처럼 머뭇거린다 붕어빵을 먹던 젊은 여자가 붕어빵 드릴까요 하고 물어도 대답 없이 포장마차 주변을 맴돌기만 하는 보행기 할머니 젊은 여자가 자신의 붕어빵 두 개를 봉투에 넣어 드리자 천천히 오래 고개 숙여 인사를 하고는 보행기 가방에 넣어 떠난다 아는 할머니냐고 붕어빵 장수가 물으니 젊은 여자는 모르는 할머니라고 답하며 천 원을 내민다 붕어빵 장수는 그냥 두라고 하고는 붕어빵 두 개를 더 내놓는다

—「오병이어」 전문

"보행기 할머니"에게 "붕어빵 두 개를 봉투에 넣어 드리"는 작은 선행이 다시 공짜 "붕어빵 두 개"로 되돌아오는 장면을 그려낸 시 「오병이어」는 일상적 숭고함이 무엇인지를 여실히 드러낸다. 가난한 이들에 대한 예수의 지극한 마음을 보여 주는 '오병이어의 기적'은 어디 먼 종교나 신화 속에 있는 것이 아니다. 그저 사소하고 일상적인 나눔을 수행하는 것처럼 타자를 향한 느슨한 손내밂 속에서 숭고는 빛을 발한다. "주먹을 쥐었다가 손가락을 하나씩 차례로" 펴며 옷 장사 아저씨가 옷 한 벌이라도 팔게 해 달라고 기도하는 일(「마음이 뿌듯해졌다」)이나 "덩굴 자라는 데 방해되지" 않게 오래된 곳에 "플라스틱 조화造花"를 설치하며 콘크리트 벽의 삭막함을 지우는 일(「잠복근무」)을 비롯해 동네를 지키고 마을을 지켜 주길 바라는 정성을 담아 "오다가다 한 사람씩 돌던져 쌓아 놓은 돌무더기"(「돌탑」)에서 우리는 일상적 숭고의 양태를 본다. 어쩌면 '부끄러움과 치욕'이란 그러한 일상적 숭고를 가벼운 일로 치부하고 자기중심적 생활만을 영위하는 데에서 느껴야 할 것인지도 모른다. 김주대 시인이 형상화한 일상적 장면들, 이를테면 「상주 시외버스 터미널」과 「눈물이 어데서 마르도 않고」에서 재현된 삶의 한 장면이나 「줏대 없는 사람」에서 화자를 향해 건네는 엄마의 말과 같이 존재와 존재의 관계를 상상하게 하고 그들이 품는 서로에 대한 마음의 조각들로부터 우리는 우리 삶의 기반이 저 평범함에 깃든 숭고로부터 충만해짐을 이해하게 된다. 그리고 이는 또 다른 존재의 시원으로 자리매김하는 것이리라.

부조리한 세계에 저항하는 평범

일상적 존재가 품는 숭고의 맥락은 안타깝게도 취약하기만 한 것도 사실이다. 2024년 12월 3일에 벌어진 내란 사태는 이를 극적으로 보여 주는 상징이었다. 김주대 시인은 두 편의 「10시 25분」 연작을 통해 비상계엄이 선포된 순간을 그려 낸다. 하지만 당시의 급박한 상황을 재현하고 이를 비판하기보다는 10시 25분에 평범한 사람들이 무엇을 하고 있었는지에 착목한다.

하루를 끌고 귀가하던 샐러리맨 처진 어깨 위에
10시 25분 늦은 저녁을 먹다 반주로 건배하던 일당
벌이 동료 노동자의 술잔 위에 10시 25분 밤이라야
폐지를 많이 줍는다는 리어카 노인의 야윈 발목에
10시 25분 초겨울까지 피어있던 담벼락 보랏빛 꽃잎
위에 야간 배송 마치고 계단에 쪼그려 앉아 컵라면으
로 주린 배 채우던 택배 노동자 나무젓가락 위에 10

시 25분

—「10시 25분」 부분

광주 항쟁을 도륙했던 공포와 살상의 비상계엄을
술과 주술 마녀에 빠진 빈 머리 대통령이
10시 25분에

(……)

유일한 희망 국회로 몰려든 시민들의 아우성 위에
총소리와 죽음을 비추기 시작하는
순식간에 켜지기 시작한 촛불 위에
10시 25분에

—「10시 25분 2」 부분

"술과 주술 마녀에 빠진 빈 머리 대통령이/10시 25분
에" 시작한 비상계엄의 순간을 우리는 기억한다. "광주
항쟁을 도륙했던 공포와 살상"이 40여 년이 지난 오늘
날 다시 벌어질 수 있으리라는 두려움이 우리를 휩쓸었
던 순간을 기록하는 시인은 비상계엄에 내재한 권력자
의 욕망과 폭력을 그려 내어 비판하지 않는다. 김주대 시
인은 권력의 욕망이 파괴할 일상적 순간, 조금은 고단하

기만 한 생활의 순간을 기록함으로써 비극적 상황을 삶의 층위에서 사유할 수 있게 한다. "샐러리맨의 처진 어깨"와 "일당벌이 동료 노동자의 술잔", 폐지 줍는 "리어카 노인의 야윈 발목"과 야간 배송을 마치고 컵라면으로 끼니를 때우고 있는 "택배 노동자 나무젓가락"을 응시하는 시인의 저 인식은 권력자의 욕망이 무너뜨릴 평범한 민중, 시민의 삶을 향해 있는 것이다. 저들의 삶은 이미 우리 사회의 모순과 억압에 고통받고 있는 것이 사실이다. 그럼에도 "생계의 아득한 슬픔과 기쁨" 속에서도 "따스한 키스"를 나누는 "어린 연인들"과 웃음을 나누는 가족들의 사랑이 스며들어 있다. 고단한 삶일지언정 미래에 대한 희망으로 하루하루를 충실하게 살아가는 그 모든 존재의 삶을 부정하며 오로지 권력을 영속하려는 욕망으로 벌어진 비상계엄은 내란을 준동하는 일일 따름이다. 이를 막기 위한 "유일한 희망"은 고단한 삶을 살아가다 비상계엄 소식을 듣고 불의에 항거하기 위해 "국회로 몰려든 시민들의 아우성"에서 비롯된다. 그들로부터 "순식간에 켜지기 시작한 촛불"은 "총소리와 죽음을 비추"는 빛이 되고 어둠을 몰아내는 계기가 되어 이후 탄핵으로 요동친 정국에 응원봉으로 상징되는 '빛의 혁명'으로 이어질 수 있었던 것이다.

　김주대 시인이 "이상하게 슬프고 기쁜 항쟁의 밤"(「옹

원봉을 사야겠다」)이라고 느낀 복잡한 속내에 공감하지 못할 이유가 없다. 비상계엄이라는 불의에 대한 분노와 그것이 언제든 다시 발생할 수 있다는 슬픔, 그리고 이에 저항하기 위해 탄핵을 촉구하며 항쟁하는 역동에서 감각되는 기쁨이 지닌 복잡함이란 우리가 거리에서 경험할 수밖에 없었던 비극임이 분명하기 때문이다. 세월호 참사를 떠올리게 하는 시편들(「소용돌이」, 「탁본」, 「유류품」, 「바다가 되어 가는」)에 새겨진 비극이나 늙고 병든 부모를 돌보지 않고 그 돌봄을 외주화하여 가난한 이들을 일상적으로 착취하는(「착취의 평범성」) 비극 역시 오늘날 우리가 간과해서는 안 될 사회적 문제임을 시인은 복잡한 심경으로 전하고 있다. "얼마나 많은 슬픔이 지나가야／우리는 눈뜰 수 있을까"(「탁본」). 도통 알 수 없는 노릇이다. 그럼에도 저 불의한 사건들에 저항하는 삶은 영웅적인 존재가 취하는 것은 아닐 것이다. "나무를 도륙한 자는／나무의 잘린 목에서 해마다 피어나는／영혼 같은 저 꽃"(「봄밤」)을 두려워할 것이라는 점을 우리는 기억할 필요가 있다. 부조리한 억압과 폭력을 자행하는 세력에 맞서는 존재는 해마다 피어나는 꽃의 항상성으로 한결같은 삶을 지속해 나가는 시민, 민중일 테니 말이다. "한사코 세상의 아픔 쪽으로 걸어가서／뜨거워"지는(「작약」) 마음으로 타자를 향해 자신을 내어 주

141

며 존재의 터전으로, 삶의 시원으로 자리매김하는 평범한 사람들이야말로 저 부조리함을 무너뜨리고 더 나은 세상을 재정립할 수 있는 것이라 시인은 말하는 듯하다.

좀 더 나은 세상을 위한 지평

좀 더 나은 세상을 만드는 일, 그것은 남겨진 자의 몫일 것이다. 이는 김주대 시인의 시가 부모―자식 간의 관계를 통해 시원으로써의 관계 정립을 거쳐 일상적이고 항상적인 삶의 층위를 부조리한 세계에 대한 저항의 맥락으로 정향定向하는 이유이기도 하다. 미약한 힘일지라도 세대를 이어 평범을 지속한다면 세계는 그들의 지닌 일상적 숭고와 섞여 새로운 삶의 서사를 써 나갈 것이 분명하다. 그 서사 안에는 인간만이 아니라 비인간 동물을 비롯해 하늘과 산, 들판과 마을과 같은 자연적이고 공동체적인 타자 역시 기입될 것이다. 그리하여 서로가 서로에게 인사하고 "끄덕끄덕 인사를 받아"(「인사」)주면서 우리는 서로의 시원이 되어 마음과 마음을 잇고 세대와 세대를 연결함으로써 좀 더 나은 세상을 만들어 갈 수 있으리라는 믿음을 지니게 된다.

소아암 병동에서 아픈 "아이가 아프고 있어서 다행"(「청명과 곡우 사이」)이라고 이야기할 수밖에 없는 슬픔과 "고통을 건너간"(「돌비 시스템」) 존재를 떠올리며

"가장 멀리 간 사람이/가장 가까운 데 있다"(「가슴속」)
고 애도하면서도 "가끔 죽음을 참지 못하고 흔들"(「동
백나무 수목장」)리고 깊어지는 마음으로 고통에 겨운
삶을 당장은 어찌할 수 없다. 그러나 그렇게 보살피고 기
억하면서 존재의 손을 맞잡는 일이야말로 평범한 이들
이 수행하는 숭고의 일면이자 삶을 영속케 하는 지평일
것이다. 쓸쓸한 기분이 들기도 하지만 이야말로 김주대
시인이 이번 시집을 통해 상처를 열어 만든 비상구飛上
口가 아닐까 싶다. 그곳에 가기 위해 우리가 오늘을 살아
가고 있다.

　　길가에 코스모스 피고
　　잠자리 노랗게 날던 가을이 있었다

　　그곳에 가기 위해 늙고 있다
　　　　　　　　　　　　　　—「귀향 의지」 전문

모든 흔들리는 눈망울 위에

2026년 3월 13일 1판 1쇄 펴냄

지은이	김주대
펴낸이	김성규
편집	조혜주 권은하
디자인	송영현
펴낸곳	걷는사람
주소	서울 마포구 월드컵로16길 51 서교자이빌 304호
전화	02 323 2602
팩스	02 323 2603
등록	2016년 11월 18일 제25100-2016-000083호

ISBN 979-11-7501-060-4 04810
ISBN 979-11-89128-01-2 (세트)